Hänsel et G

D'après Grimm
Illustrations de Pascale Wirth

Père Castor Flammarion

Imprimé en Italie - ISBN : 978-2-0816-1418-5

Tout près d'une grande forêt vivaient un pauvre bûcheron, sa femme et ses deux enfants : un garçon qui s'appelait Hänsel et une fillette qui se nommait Gretel. Le bûcheron gagnait si peu qu'il n'avait presque rien à leur donner à manger.

Un soir qu'il se retournait dans son lit en soupirant à cause de ses tristes pensées, il dit à sa femme :

– Qu'allons-nous devenir ? Comment nourrir nos enfants quand nous n'avons rien à manger nous-mêmes ?

La bûcheronne soupira et dit :

– Sais-tu quoi, mon homme ? Demain matin, nous emmènerons les enfants dans la forêt, là où elle est la plus épaisse. Nous leur préparerons un feu, et nous donnerons à chacun un dernier petit bout de pain. Puis nous partirons à notre travail et ils resteront seuls. Ils ne sauront retrouver le chemin de la maison et nous en serons débarrassés.

– Non, femme, je ne peux pas faire cela ! Comment pourrais-je abandonner mes enfants dans la forêt, avec les bêtes sauvages qui ne tarderaient pas à venir les dévorer ?

– Idiot que tu es ! dit la femme. Nous allons donc mourir de faim tous les quatre !

Elle insista tant et tant que le bûcheron céda.

– Mais quand même, dit-il, ces pauvres enfants me font regret.

Les deux enfants, qui ne pouvaient pas dormir à cause de la faim, avaient tout entendu. Gretel, en pleurant des larmes amères, dit à Hänsel :

– À présent, c'en est fini de nous !

– Console-toi, Gretel, ne t'inquiète pas, dit Hänsel : j'aurai tôt fait de nous tirer de là.

Et quand les parents furent endormis, il se glissa à bas du lit, courut jusqu'à la porte, dont il ouvrit le bas, et passa dehors.

C'était en plein clair de lune et le gravier, devant la maison, faisait luire ses petits cailloux comme autant de sous neufs.

Hänsel se baissa et en ramassa tant qu'il put en mettre dans ses petites poches ; puis il rentra et dit à Gretel :

– Tranquillise-toi, ma chère petite sœur, tu peux dormir en paix et avoir confiance.

Puis il se remit au lit.

À la pointe du jour, bien avant le lever du soleil, la femme réveilla les deux enfants.

– Debout paresseux, leur dit-elle, nous allons dans la forêt pour y faire du bois.

Ensuite elle leur donna à chacun un petit bout de pain en leur disant :

– Voici un petit quelque chose pour votre repas de midi ; mais ne les mangez pas avant, parce qu'il n'y aura rien d'autre.

Et les voilà tous en chemin pour la forêt.

Au bout de quelque temps, Hänsel s'arrêta et se retourna, puis encore un peu plus loin, et encore il recommençait la même chose.

– Qu'est-ce que tu as toujours à regarder et traîner en arrière ? lui dit son père. Tâche de faire attention et n'oublie pas de faire marcher tes jambes !

– Oh ! père, c'est mon petit chat blanc que je regardais : il est monté sur le toit et veut me dire adieu.

– Idiot, dit la femme, ce n'est pas ton chat : c'est le soleil levant qui luit sur la cheminée !

En réalité, Hänsel n'avait ni regardé ni vu son petit chat ; il avait seulement tiré chaque fois un petit caillou blanc de sa poche pour le jeter sur le chemin.

Lorsqu'ils furent arrivés au beau milieu de la forêt, le père dit :
– À présent, les enfants, vous allez me ramasser du bois : je vais vous faire un feu pour que vous n'ayez pas froid.

Hänsel et Gretel rapportèrent du bois mort et en firent une petite montagne. Le feu fut allumé, et quand la flamme fut bien haute, la femme dit aux enfants :
– Reposez-vous près du feu pendant que nous allons couper du bois. Nous viendrons vous chercher quand nous aurons fini.

Hänsel et Gretel se tinrent sagement près du feu, et quand ce fut midi, chacun mangea son petit bout de pain. Ils croyaient que leur père n'était pas loin, parce qu'ils entendaient les coups de la hache ; mais, en réalité, c'était le bruit d'une grosse branche qui battait dans le vent. Les yeux lourds de fatigue, les enfants finirent par s'endormir.

Quand ils se réveillèrent, c'était déjà nuit noire. Gretel commença à pleurer en disant :
– Comment allons-nous faire à présent pour sortir de la forêt ?

Mais Hänsel la réconforta :
– Attends que la lune se lève, ce ne sera pas long, et nous retrouverons notre chemin.

Et quand la pleine lune brilla dans le ciel, Hänsel prit Gretel par la main et emmena sa petite sœur en suivant le chemin tracé par les cailloux blancs, qui luisaient comme des sous neufs.

Les enfants marchèrent toute la nuit et à la pointe du jour, ils étaient de retour à la maison de leur père. Ils frappèrent à la porte. La marâtre vint ouvrir et quand elle les vit, elle s'écria :
– Méchants enfants ! Dormir si longtemps dans la forêt, en voilà des façons ! Nous avons cru que vous vouliez ne plus jamais revenir.

Le père, par contre, se réjouit de les revoir, car son cœur lui pesait de les avoir laissés comme cela, tout seuls.

Mais au bout de très peu de temps ce fut de nouveau la misère chez eux, et de nouveau, une nuit, les enfants entendirent la marâtre dire à leur père :

– Voilà que tout est encore mangé : il ne nous reste qu'une demi-miche de pain. Il faut expédier les enfants, mais cette fois nous les mènerons bien plus profond dans la forêt pour qu'ils n'arrivent pas à retrouver le chemin ; autrement, pas de salut pour nous.

L'homme se sentit un gros poids sur le cœur et pensa : « Mieux vaudrait partager avec les enfants ta dernière bouchée ! »

Mais sa femme ne voulut rien entendre de ce qu'il pouvait dire ; elle le rabroua, au contraire, le houspilla et l'accabla de reproches. Et puisqu'il avait consenti la première fois, il fallut bien qu'il acceptât la seconde aussi.

Les enfants ne dormaient pas non plus, et ils avaient surpris tout le dialogue. Aussi Hänsel se leva-t-il, comme la fois d'avant, voulant se glisser dehors. Mais la femme avait fermé la porte à double tour et il ne put sortir. Pourtant, il réconforta sa petite sœur :

– Ne t'inquiète pas, Gretel, tu n'as pas besoin de pleurer et tu peux dormir tranquille.

Au petit matin, la femme vint tirer les enfants du lit. Le bout de pain qu'ils reçurent était encore plus petit que la fois précédente.

En chemin vers la forêt, Hänsel l'émietta dans sa poche et s'arrêtait de temps à autre pour en jeter une miette sur le sol.

– Hänsel, qu'est-ce que tu restes en arrière à regarder n'importe quoi ? gronda le père. Allons, avance !

– C'est mon petit pigeon blanc que je regardais, dit Hänsel : il est perché sur le toit et veut me dire adieu.

– Idiot ! dit la femme. Ce n'est pas ton pigeon : c'est le soleil levant qui luit sur la cheminée !

Ce qui n'empêcha pas le garçon de semer de place en place toutes les miettes de son pain.

La marâtre conduisit les enfants bien plus au cœur de la forêt, dans un endroit qu'ils n'avaient jamais vu de leur vie. De nouveau, elle alluma un grand feu et leur dit :

– Reposez-vous un peu les enfants : nous allons couper du bois et dès que nous aurons fini, nous viendrons vous chercher.

Lorsque ce fut midi, Gretel partagea son peu de pain avec Hänsel qui avait semé le sien tout au long du chemin. Puis ils s'endormirent et le temps passa ; l'après-midi s'écoula, puis le soir, mais personne ne revint chercher les pauvres petits.

Quand ils se réveillèrent, c'était déjà nuit noire, et Hänsel consola sa petite sœur en lui disant :
– Attends que la lune se lève, Gretel, alors nous pourrons voir les miettes de pain qui nous montreront notre chemin.

La lune monta, et ils se mirent en route. Mais ils ne trouvèrent plus une seule miette de pain nulle part. Les milliers de becs des milliers d'oiseaux qui volent tout partout les avaient avalées.
– Nous trouverons quand même notre chemin, va ! dit Hänsel.

Mais ils ne le trouvèrent pas. Ils marchèrent toute la nuit et encore toute la journée du matin jusqu'au soir, mais ils n'étaient toujours pas sortis de la grande forêt. Comme ils n'avaient rien mangé d'autre que quelques rares petits fruits, quelle faim ils avaient ! Ils étaient si fatigués que leurs jambes ne voulaient plus les porter. Alors ils se couchèrent au pied d'un arbre et s'endormirent.

Le matin fut vite là, et c'était déjà leur troisième journée loin de la maison paternelle. Ils se remirent en marche, mais ce fut pour s'enfoncer toujours plus profondément dans la forêt.

Vers midi, ils aperçurent sur une branche un bel oiseau blanc. Il chantait si joliment qu'ils s'arrêtèrent pour l'écouter. Quand il eut fini, il ouvrit ses ailes et voleta devant eux. Ils le suivirent jusqu'à une maisonnette, sur le toit de laquelle il se posa.

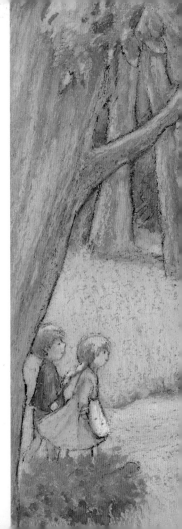

En approchant encore, les deux enfants découvrirent que la maisonnette avait des murs de pain d'épice et un toit de biscuit ; quant aux fenêtres, elles étaient de sucre filé.

– Nous allons croquer dedans ! dit Hänsel. Prends la fenêtre, moi, je prends le toit !

Il se mit sur la pointe des pieds pour atteindre le toit, et s'en cassa d'abord un petit bout pour voir si c'était bon, tandis que Gretel s'agrippait à la fenêtre et se mettait à la grignoter.

Alors une douce voix sortit de l'intérieur :

> *Et j'te grignote et grignotons,*
> *Qui me grignote ma maison ?*

Tranquillement, les enfants répondirent :

> *C'est le vent, c'est le vent,*
> *C'est le céleste enfant.*

Et ils continuèrent à manger sans se laisser troubler ni se déranger. Hänsel, qui avait trouvé le toit fort à son goût, s'en cassa du coup un bon morceau. Gretel, de son côté, avait ôté de la fenêtre une belle vitre ronde, s'était assise par terre et s'en régalait tout son soûl.

Mais la porte s'ouvrit d'un coup, et une vieille plus vieille que les pierres s'avança à petits pas, en béquillant sur sa béquille. Hänsel et Gretel, épouvantés, en laissèrent tomber ce qu'ils avaient dans les mains. Mais la vieille branla la tête et dit :

– Chers enfants, qui vous a conduits ici ? Entrez chez moi ! Personne ne vous fera du mal.

La vieille prit par la main les deux enfants et les fit entrer dans sa maisonnette. Là, ils eurent devant eux de bonnes choses à manger, du lait et des crêpes au sucre, des pommes et des noix. Puis ils eurent deux beaux petits lits blancs pour se coucher.

Mais si la vieille avait été si aimable, c'était seulement pour faire semblant : en réalité, c'était une méchante sorcière. Elle avait construit sa maison de pain d'épice pour attirer les enfants. Une fois qu'ils étaient en son pouvoir, elle les faisait cuire et les mangeait, ce qui était pour elle un jour de fête.

Les sorcières ont les yeux rouges et la vue si basse qu'elles n'y voient que de tout près ; mais elles ont une espèce de flair, comme les animaux, et elles sentent venir de loin les êtres humains. Ainsi quand Hänsel et Gretel s'étaient approchés de sa maison, elle avait ricané méchamment et dit en se réjouissant : « Je les tiens, ceux-là ne m'échapperont pas ! »

Le lendemain matin, très tôt, elle se leva avant le réveil des enfants, et quand elle les vit dormir si gentiment, avec leurs bonnes joues rouges, elle se chuchota à elle-même : «Un fameux morceau que je vais avoir là !»

Alors elle empoigna Hänsel de ses mains sèches et le porta dans une petite remise où elle l'enferma derrière une porte grillagée. Il pouvait bien crier tant qu'il voulait, cela ne servait à rien.

Ensuite elle revint secouer Gretel pour la réveiller, et lui cria :

– Debout, paresseuse ! Va puiser de l'eau et fais cuire quelque chose de bon pour ton frère qui est là-bas, dans la remise. Il faut qu'il engraisse, dès qu'il sera assez gras et dodu, je le mangerai.

Et Gretel eut beau pleurer très amèrement, cela ne servit à rien et rien n'y fit : elle dut faire ce que la méchante sorcière voulait.

Dès lors, pour le malheureux Hänsel, fut préparée la meilleure cuisine. Gretel, par contre, n'avait rien que les os à sucer, ou la carapace des écrevisses.

Chaque matin, la vieille se traînait jusqu'à la petite remise et criait :

– Hänsel, passe-moi ton doigt dehors, que je tâte pour savoir si tu seras bientôt assez gras.

Mais Hänsel lui tendait un petit os, et la sorcière, avec sa vue trouble, ne voyait rien. Elle croyait que c'était le doigt de Hänsel, et s'étonnait qu'il n'engraisse toujours pas.

Au bout de quatre semaines, comme il était toujours aussi maigre, la vieille s'impatienta et ne voulut pas attendre plus longtemps.

– Holà, Gretel ! cria-t-elle, tâche de ne pas traîner et apporte de l'eau ! Maigre ou gras, le Hänsel, je le tue demain pour le faire cuire.

Ah ! comme elle se désola, la pauvre petite sœur, quand elle dut porter de l'eau ! Et comme ses larmes ruisselaient le long de ses joues !

– Mon Dieu, gémissait-elle, qui viendra à notre secours ? Si seulement les bêtes sauvages dans la forêt nous avaient dévorés, au moins nous serions morts ensemble !

– Épargne-moi tes piailleries, dit la vieille, cela ne sert à rien du tout.

Le lendemain, de bon matin, Gretel dut suspendre le chaudron rempli d'eau et allumer le feu dessous.
– Avant tout, dit la vieille, nous allons faire cuire le pain : j'ai déjà fait chauffer le four et la pâte est pétrie.

Elle poussa la malheureuse Gretel vers le four, d'où sortaient de grandes flammes.
– Faufile-toi dedans, dit la sorcière, et vois un peu si c'est assez chaud pour la cuisson.

Elle avait l'intention de pousser encore le feu pour qu'elle y rôtisse, et alors elle la mangerait aussi. Mais Gretel avait compris ce que la vieille avait dans l'idée, et elle dit :
– Je ne sais pas comment m'y prendre pour entrer là-dedans. Que faut-il faire ?
– Stupide dinde ! s'exclama la vieille, l'ouverture est bien assez grande ! Regarde, je pourrais moi-même y passer !

Et en même temps, elle s'accroupissait devant le four et y passait la tête. Alors Gretel la poussa un grand coup pour la faire basculer dedans, claqua la porte et ferma le verrou.

Houla ! quels hurlements affreux la sorcière se mit à pousser là-dedans !

Gretel s'éloigna de toute la vitesse de ses jambes et courut retrouver Hänsel. Elle ouvrit bien vite la petite remise en lui criant :
– Hänsel, nous sommes libres ! La vieille sorcière est morte !

Dès que la porte fut ouverte, il bondit hors de sa prison, tel un oiseau hors de sa cage.

Quelle joie pour eux ! Ils tombèrent dans les bras l'un de l'autre, s'embrassèrent et gambadèrent comme des fous !

Maintenant qu'ils n'avaient plus rien à craindre, ils entrèrent dans la maison de la sorcière. Dans tous les coins, il y avait des coffres pleins de perles et de pierres précieuses.

– C'est encore mieux que les petits cailloux blancs ! remarqua Hänsel, tout en remplissant ses poches à craquer.

– Moi aussi, je veux en rapporter à la maison, dit Gretel, qui en prit plein son tablier.

– À présent allons-nous-en, dit Hänsel, il nous faut d'abord sortir de cette forêt de sorcières.

Ils marchèrent pendant quelques heures, mais là, ils furent arrêtés par une large rivière.
– Nous ne pouvons pas traverser, dit Hänsel, je ne vois ni pont ni gué.
– Et pas le plus petit bateau non plus, ajouta Gretel. Mais je vois là un canard blanc, et si je lui demande, il va bien nous aider.

Gentil caneton, gentil caneton,
Nous sommes Hänsel et Gretel.

Aucun bateau et pas de pont,
Porte-nous sur ton beau dos rond.

Ainsi avait-elle appelé, et le canard s'était aussitôt approché. Hansel s'installa sur son dos, et demanda à sa petite sœur de venir s'y asseoir aussi.
– Non, non, dit-elle, ce serait trop lourd pour lui : il nous portera l'un après l'autre.

Et c'est ce que fit le brave petit canard.

Quand ils furent de l'autre côté, les deux enfants marchèrent encore un peu, et voilà qu'autour d'eux la forêt était de moins en moins étrangère. Elle leur devenait de plus en plus familière à mesure qu'ils avançaient, jusqu'au moment où ils aperçurent de loin la maison de leur père.

Les enfants coururent, entrèrent en trombe dans la maison et se jetèrent au cou de leur père. Le pauvre homme n'avait plus connu une seule minute de bonheur depuis qu'il avait laissé ses enfants dans la forêt ; mais la femme était morte.

En secouant son tablier, Gretel fit cascader les perles et les pierres précieuses qui roulèrent de tous côtés. Hänsel, lui, les tirait de ses poches, par poignées.

Des soucis, ils n'en eurent plus jamais ; et ils vécurent ensemble en perpétuelle joie.

Mon conte est fini, trotte la souris, celui qui la prendra pourra se faire un grand bonnet de sa fourrure, et puis voilà !

G. Canale & C. S. p. A, Borgaro T. se - Turin - 01 - 2007 - Dépôt légal : Janvier 2002 - Editions Flammarion (N° 1418) Paris, France
Loi n° 49-956 du 16 juillet 1949 sur les publications destinées à la jeunesse